詩集 タンサンのパンケーキ

中井 絵美

砂子屋書房

＊目次

装画・島田裕之
装本・倉本　修

詩集　タンサンのパンケーキ

幌

蝶の幼虫は
蜜柑の葉を端から　喰っていく
八月の厚い葉を　葉脈の流れごと
生まれ落ちた一個体の一途さで
無心に　未来を咀嚼する
餌を求めて口を閉じない魚も
石斧をふるう人間も
すべては
生命の帰納法に保証されていると言わんばかりに

「純粋な現在は、未来を侵食する過去の捉え難い進展なのである。」*

幼虫は成長すると
体軀にほんの一枚きり
布きれを張ったようにして
幌馬車のように　歩み出す
薄い幌の中に
体内の分解と融合のリズムを
絶妙なバランスで支えながら
落下するパラシュートのごとく
ひとつの終末を抱えて
身を投げ出しているように見える

八月の幼虫よ、

その幌の中に
原子と名のつく炉はあるか

中性子を喰い過ぎたウランを
「制御」するために
建屋の中に組み直された
自然界の分解と融合のシステム
それは挑戦であったろうか
欺瞞であったろうか
着工から　今もなお
決して地に届かない槌の音が
世界中から響く

かつて　誰もが子どもだったころ
自分の指で試してみた遊び

子どもの
発育の良い幼虫のようにふっくらとした
指の皮膚に
戯れに　針を押しつける
それは、
どこまで許されるかという問いなのだ

「実を言うと、すべての知覚はすでに記憶なのである。」*

放射線が見えたら良いと
誰もが言った
しかし、見えたことがあったろうか
自分と変わらぬ人間を
アウシュビッツへ追い立てる
憲兵の盲信が

沖縄の崖で少女の背を押した
時代の圧力が

蛹の中には
溶け出した幼虫の体液が満ちている
蛹を開き　取り戻せないものに立ち尽くす
少年のように
生命の模造品に溶け残った
甘えと怠惰を前に
ヘドロのような記憶の責任を抱いて
放射能を吸ったひまわりが咲く夏
自身の皮膚を剝ぐような痛みで
幌をあばく

わたしも

わたしたちも

＊アンリ・ベルクソン『物質と記憶』合田正人・松本力訳
（引用箇所は村上春樹『海辺のカフカ』より想を得た）

森の名

物見やぐらから
敵を知らせるのろしが上がり
舌の上に　嵐の前の
生ぬるい風が吹き始めると
喉深くにあるらしい廃鉱の出口から
空のトロッコが轟音を立て下ってゆく
ささくれた木片が喉を切り　風が舌を捲る
外はまた、侵略戦争
わたしはひたすらにツルハシを振るう

（鉱物などありはしないのだ）
ツルハシに掛かるのは
疑似餌のような虹色の鱗

鉱山の毒が　舌先に甘い香りを放つ
鈴が転がるように声は滑り
侵略戦争は続く
外敵と交えるのは
計算と正義で鍛えた　論理の剣《つるぎ》
光る刃は七色に輝く
（釣り針のように仕込まれた言葉の浅はかさよ）
ツルハシに張りつく鱗は
粘膜を裂くほどに、甘く
うち捨てられたトロッコの
錆び付いた車輪が回る淋しさに

ひとり佇む

坑道を歩きながら　空想する
この淋しい洞穴を抜けたなら
青い森があると
夜明け前の色をした
深い水音に満ちる
夢に見た森が

崩れたトロッコに　草が蔓を伸ばす
億光年前の星を見上げるように
ただ　呼びたい
呼ぶたび立ち現れる
わたしのうつわであり
誰かのうつわでもある

その森の名を
わたしは今も　探している

計量

大さじ1という
見たことのない地平を目指して
計量スプーンにできた砂糖の丘を
擦り落としてゆく
かつて哲学者が空想したような
宇宙を漂う大地のかたち
昼下がり
棒倒しの砂を取るように進む
神さまとの会話

銀色のくぼみ
光を中心にして
天球儀のように広がるスプーンを
囲むように映る見せかけの世界の
舌を出した
逆さまの自分には気がつかないように
丁寧に白い結晶をしきつめる日々
草原の雪を固めて道を作り
人は急ぎ足で過ぎ去ってゆく

砂糖をすくう
この瞬間　紡錘形に生まれた
やわらかな白い地球から
雪の積もったもみの木の枝のような

白い腕が伸びてゆく
シナプスのように途切れては結ばれ
伝言のように積まれてゆく
生命の階段
白い歴史の階段に腰掛けて
削られ　零れてゆく世界に
息を送る

摺りきり一杯の　定められた大地に
生まれるわずかな誤差
死者の記憶を隠して
膨らんだ地平の上で
崩れるように文明は滅び
解のない式をもつ結晶を
しきつめた石垣の隙間から

繰り返し　新しい生命が生まれてゆく

生まれては消えてゆく世界の物語
白い結晶の枝先から
透明な書物が
羽ばたくようにひらいてゆく

タイムマシン

たとえば
過去へのタイムマシンがあるとするならば
それは跳び箱の
踏み切り板のようなものなのだろう
未来へ踏み切る身体が
板に沈み込む一瞬
時間が過去へ　さかのぼる

宇宙へ向かうロケットが

エンジンの激しい振動にさらされながら
大地を離れるように
まだ見ぬ場所へ跳躍することの
意味と無意味のあわいに振られながら
形の見えない踏み切り板の
ばねを殴るように踏み込む
沈み込む身体に降りかかる
重力のつぶて
最低点　位置エネルギーゼロの
音のない場所で
空を渡る　鳥の影を見る

白く明るい場所に
幼い自分が座っている
映写機が　人生の中の

選ばなかった道筋を
何通りも映し出してゆく
フィルムに映る人たちの
幸福な時間を　最後まで見送り
大人の姿になって
遠ざかる人々の後ろ姿に
もう一度　別れの挨拶をする

板を踏み切る
最後に残る引力を手放して
高く　遠く

石畳を行く高下駄のような音が
かすかに聞こえる
宇宙の向こうに吹く風の中

透明な郷愁が　頬に寄り添う

秘密

それについていた名札を剝がして
無地の小箱に詰める
細い綱で固く結わえて
夜明け前
誰も知らない島の　岸壁から
海に沈める
決して流されないように
岩に杭を打って　綱を繫ぎ
白み始める空を背に

足早に立ち去る
浜辺の砂に残った足跡は
いずれ嵐の夜に　波が洗い流すだろう
髪についた海の匂いをはらって
街の人混みにまぎれ
同じように歩き出す

気付けば身体の中に
海に棄てたはずの小箱がある
深く　どこか丹田のあたりに
鉤爪のような根をはって
もう引き剝がせはしない
時々　違和感はあった
痛むような気もした
でも　知らないふりをした

そうしているうちに
痛んでいるのは
外側か　内側か　分からなくなった
夜明け前の色をした
仄暗く温かい大地へ
根は迷いなく伸ばされ
肉の繊維に食い込んで
一つの動脈のように肥えてゆく

喉の奥には
あの時の杭が　小骨のように
引っ掛かっている
時折　蜃気楼のように
無数の言葉の嵐の中に
別の景色を見せたりする

証明

病院の待合室は人で溢れている
わたしはパズルを埋めるように
空席に腰掛ける
前の長椅子では　二人の年配の女性が
天気の話を繰り返していて
さらに前の席には　一歳ほどの幼児が
母親の肩に手をついて立ち上がり
こちらを振り返ろうとしていた

幼児の目の前には　薄い線の空間が広がる
意味のない形で構成された
幾何学模様の壁それぞれに
わたしたちの顔は　レリーフのように埋め込まれている
二人の女性は幼児の訪れに歓喜の声をあげ　笑いかける
瞳がかまぼこ形に歪み　赤い唇が横に伸びる
不可解な記号　優しさの公式は靄の中へ消えてゆく
幼児は目をそらし
女たちは残念そうに　再び壁に埋もれる

幼児に見つめられたなら
証明しなくてはならない
幾何学模様の背景から抜け出して
Xという容量を持ち　生まれ落ちた彼らと
幾ばくかの解を持つ　わたしたちが

いつの時間も共通であることを
微笑みの奥にある女たちの解が
正しいのだということを

わたしは顔を伏せ　両手を握りしめる
指先より伸びてしまった爪の形を　掌に感じながら
審判の順が過ぎるのを待つ
幼い瞳に見つめられたなら
問わなければならない
わたしたちが
Xという容量を無くしてあまりある
何かを手に入れたという　証明のために
獣のように
爪をたてることでしか辿り着けないわたしの解が
正しいのかということを

ほどいた手のひらに残るはずの
ささやかな希望の消息を

明滅

ふくらはぎにできた虫さされが
みるみるうちに膨らんで
蟻の巣のような惑星ができる
むず痒さに爪をたてると
星の中心が熱を持つ

山型の惑星は内側に水を蓄えて
生きもののように脈打ち
呼吸をしている

大地は　大気に洗われながら
隆起と沈降を繰り返し
やがてわたしの一部に還るだろう
生まれ消えてゆくわずかな時間
熱はモールス信号のように点滅する

目を凝らすとそこかしこに
古い星の跡が残されている
ひとときすれ違った
見知らぬ生命の存在の証を
運ぶ　人という器

四十六億年の　地球の歴史の片隅に
大地に敷いたアスファルトの上で
ビルの高さを競う　人間も

どこか遠く上空からは
生まれ消えてゆくその旅の明滅が
見えるだろうか

鳥の歌

靄の大地を蹴って
鳥は飛ぶ
夜が綻び始めた町を越え
地上に敷き詰められた
夥しい生物を越えて　海へ
潮風にうそぶく　身重な松を尻目に

地上の声が
波に乗って追いかける

鼻の奥にひりつく　狎れた生命の歌
灯台の明かりが
生の垢のように　波に湧く
鳥は　海面に落下するときの潔さで
幾星霜の　時代の壁に眼を叩く

昨日の夜へ
鳥は飛ぶ
流星のようなくちばしで
黒曜石の空を切り取って
断面が生む　昨日の光
カシオペアの　その先へ

遠い北の地に揺れる　記憶の稜線で
鳥は歌う

盲目の瞳を閉じて
人が失くした言語で
母の記憶の　その前の
かすかに影なす
塔の歌

ノスタルジア

床板の隙間から生まれる
水泡《みなわ》を掻き分けて
泳ぐ　白い魚《うお》
天井は　底なしの闇
上る水泡も消える

童女は
緋と黄のお手玉を散らかして
炉の傍らで夢を見る

縮緬の紅葉は盛り
神代《かみよ》の記憶は歌われる

魚の目は深い沼
月が揺らめく
あおい闇
尾を振る幻影は
水泡をゆする

万華鏡の光が
牡丹のようにひらく
童女は水泡を舐めて
夢のように笑む
舌に　つめたいびいどろの味

魚は身体を翻す
四角い部屋に
生まれゆく水泡
童女は首をかしげ　笑う瞳は
幾重にも映る

千切れる

千の糸と
やまぶきの花と
意味のない問いが
散り散りに千切れて
気流に乗って舞い上がる

杜氏の入れる櫂のように
滑らかな手に定められた明確な意図
四肢の筋は風にほどけ

生死の絵札は裏返る

そっと身体が浮遊する
やまぶきの残像が
生涯を終えた星のように
透明に収縮する

書く

朝の食器を片付け
畳にきつく絞った雑巾をかけて
そうして
文机の前で一つ息をついて
新しいページを開く
ふっくらと　あわいひかり
白い地平は
さらさらと砂の流れるような

ささくれのできた指先に
シャープペンシルはやわらかく馴染む

長いこと疎遠であった友人に
挨拶するように
手ずからの蝶の標本に
ピンを留めるように
プラスチックの杭を打つ
ひそやかにそっと
しかし　潔く
砂の流れる世界に
旗のない旗を

鳥の　羽ばたく前の姿勢のような
棺に贈る　百合の花のような

人の
書くという形

炭素の芯は　かすれた声で
わたしに語る
愛することの
その意味を

あみだくじ

最初の一本を選ぶだけの自由が
壁の向こう側へ通じる梯子として
立て掛けられる
横線にぶつかれば曲がり
自ら選んだような錯覚に酔いながら
予定調和の出口に辿り着くまで
しばしの猶予に遊ぶ
川の流れのように
上から下へと降りてゆく

アタリを目指すフェアゲーム

道を踏み外さないように
辿っている途中に
大事なものを置いてきてしまったようだ
戻ろうとする足元から　梯子が檻に変形する
このくじを引くために
自分が賭けたものは何だったか
迷路のような檻に絡め取られ
どの道を歩いたかさえ思い出せない
本当にこの道は自分で選んだのだったか
格子のような線を引いたのは誰だったか

くじを与えるのは
決して神などではなくて

椅子

待合室の椅子には
いつも誰かの気配が漂っている

それは午後の日の光であったり
退屈そうに足を揺らす幻の少女であったり
頬杖をついて窓の外を見つめる
昔亡くした人であったりする

椅子は

人間が　自分の影の形にくりぬいて作った
休息の場所
歩くことに疲れた人間が
作り出した　半身の形
椅子は
使い古した馴染みの茶碗のように
わたしたちのために
いつもどこか欠けている

待合室の椅子には
二本の足で不格好に歩くわたしたちが
二本の腕に持ちきれずに
残してきたものたちが
腰掛けている

人生の終わりに
また出会うときを待って

タンサンのパンケーキ

パンケーキから染み出る重曹の苦みが
口の中に広がる
甘さを台無しにするあの苦みは
いたずらっ子のように輝く
祖母の笑いに似ている

炭酸水素ナトリウムという
かわいげのない名前を
「タンサン」と付け直して

重曹は食器棚の上に置かれていた
祖母はいつも入れすぎて
少し苦いケーキを作る
気まぐれに
わたしの苦手な黒砂糖を加えて

年の近い子がするような
いたずらっ子の微笑みで
黒砂糖は身体に良いんだ、と
諭すようにケーキを差し出す
甘くてどこか苦い
祖母とわたしのパンケーキ
歳の数だけの祖母との記憶

いくらきつく窓を閉じても

乳白色の祖母の部屋に
レースの波が立つのだ
綿の海に抱かれるようにして
忘れてしまうのは
その思い出に重さがないからだろうか
水平線を臨むような祖母の眼
見知らぬ人を見るような目線が
通り抜けるたび
わたしを透明にする

二十七年の
わたしと祖母のちいさな記憶
祖母から手放され
今もどこか　海を漂っている

かみさま　と
呼びそうになるのを堪える
鼓膜を後ろに引き
鼻孔の疼きが喉に消えるように
泥の中の
鮒のように口呼吸を繰り返す
信じていない者が祈るな
真っ暗な夜道にいつも待っていてくれたのは神ではない
海水浴の塩を落としてくれたのは
一人で誕生日を祝ってくれたのは

呼ぶな
少しも外に漏らすな
タンサンの苦み

ポセイドンの泉より豊かに
舌に広がる苦さ

やまぶき

深夜0時のコインランドリーの扉を摑み
まるい穴に向かって立ちんぼう
兵児帯と一緒に結わえたはずの思い出が
乾燥されたポリエステルと一緒に
引きつっている

春には
ふるさとの山にやまぶきが咲いた
祭りの提灯を灯すようにひらき

季節の終わりに　枯れてゆく
めぐる年月の約束

老いて
遠くへ行ってしまったあの人たちの
目尻には皺があった
口元にも皺があった
やまぶきの花弁のような
つめたい皺だった

今　祖母の曲がった指に
ふうっと息を吐き
咲く八重のやまぶき
年の数だけ重ねた春の皺
相変らず兵児帯のようにしわくちゃだ

花は知ったような顔をして
眠る　祖母に咲く

ポリエステルと文明と
離れて暮らす小さな街と
渇くのなら出会わなければ良かった
人に咲くやまぶきのうつくしさも
知りたくなかった

雨

誰もいない　身体の中に
この凍えそうな灰色の町並みに
みすぼらしい少女の
後ろ姿のような雨が
打ちつける

亡くなった友人たちの身体の中にも
雨は降っていただろうか
口と　心だけが渇いたまま

赤黒い空から
日暮れの森の色をした
雨が降る
この身体はどこまでゆけるのか

捩れたカセットテープのように
引きつって　途切れてはまた降る雨を
いつまでも見続けてしまうのは
ときどき思い描くからだ
雨にさらされる自転車のように
誰もいない町に
取り残した何かを

耳をふさぐと
トンネルをひた走る電車のような

古い映写機のまわるような
音がして
わたしの内から
なみなみとした水が
あふれ出ようとする

捩れた時間の断片が
水路から溢れた水に浮いている
ほつれた糸を引き抜くように
栓を抜く覚悟を
してはいけない
してはいけないと
瞬きをする

表面張力でようやく

保たれているのだ
気をぬくと
叫びを上げて
つららのように
求めながら凍ってしまうのだと
知る

桑の実

山を越えるとき
夏の隆々とした雲が
天馬の形になり　何頭も
戦へと駆けていった
影絵のように映る
遠い異国の物語

祖母は山を越え自分の足で
嫁いだのだという

山を越える人がみな　そうしてきたように
砂埃と汗を手ぬぐいで払い
一息ついて
女がみな　そうしてきたように
婚礼のために着替えたのだという
春の終わりになると
山の麓の桑の木から
かつて少女だった母とわたしとに
等しく差し出される
祖母の心臓のような熟れた粒の実
張り裂けそうな一粒ごとに
笑みやら　悲鳴やらが　映る
潰れれば鮮やかに跡を引く

母もわたしも　一個の桑の実

人間の物語を運ぶために
ドミノのように手渡されていく
祖母からの生命

繭に包まれた　六十兆の細胞から
琴の音がのぼる
古い吟遊詩人が歌う
放浪の旅の歌が　絹糸をほどく

天馬を駆って
うら若い神々が
遠く　異国の山を越える

熟す

大晦日には祖母とふたりで
くるみの入った擂り鉢をのぞいた
「もういいんじゃない」
「まだまだ」
擂るたびに　ぱさついたクルミが
壁面にもりあがる
こそげて　擂って
くるみの果肉が
鉢の中で熟れてゆく

背負った荷物をどこかへ届けるために
真っすぐにこの道をゆかねばと
思ってきたけれど
少し違うのかもしれない

擂り鉢の中に染み出た油が
くるみの肌をなめらかにする
擂って　練って
頃合いを見極めるのは
祖母だけが持つ指先

砂糖を合わせ
ぬるいお茶で丁寧にのばす
粘度を確かめて　醤油を少々

「いいがな」
祖母の声を合図に　手を止める

鉢の中では
木の実色の斑点を残した液体が
雨上がりの朝の庭のように
光をたくわえている

包装

夕食用の食材の包装を解き
ごみを袋に詰める
少し前まで長芋を載せていた
発泡スチロールの皿が
裏返しになり
果物を包んでいたネットの上に
プラスチックの卵の容器が
押し込まれる
食材の肌を守る

軽い　使い捨ての器は
ひとしきり積み荷を下ろして
個性を無くしたことに　むしろ
安堵しているように
つぶれたり裏返されたりすることも
悪くはないというような佇まいで
まだきれいな包み紙であふれた
廃船置き場のようなごみ袋の中から
何事も　中身が大事だとは
よく言ったものだと
老獪な英国紳士の口ぶりで
つぶやいている

月夜
舟は　ごみ袋から

軽快に
船出してゆく

風

木の机に残された
無数の疵を指でなぞる
引っかかれたような痕や　擦れた痕
ささくれ立っていた疵痕は
滑らかな木肌の一部になり
机の上には
かすかに風が吹いている

人間も

降りつもる砂のような時間に曝され
暮らしに溶ける曖昧な毒と
目を合わせずに仕込まれた　透明なナイフに
少しずつ削られてゆく
自分の幅を予測しそこね
いつも何かにぶつかってしまうわたしも
誰かにとっての刃であって
そのかなしみに
繊維の千切れかけた古布のような
擦り切れそうな息をするとき
そのときにも
かすかに風は吹いている

五月　たんぽぽの綿毛は旅立ちを終え
川原では草の色が濃くなってゆく

風は何のために吹くのか
川岸に座り
風に揺れる茎を見ながら
綿毛たちが旅した景色を空想する
気づくとすぐ横を
白い大きな鳥が飛んでゆく
この土地に
何億年も前から吹いている海風に乗り
その大きな羽で
世界の底を攫う

閃き

平原を疾駆するヌーたちのように
光をまとった群れが駆ける
目的の場所をめがけて
膨らんだり停滞したりしながら
分岐を　右へ　左へ
稲妻のような道筋をとって

記憶の中に　ゆるやかに配置された
風景を縫って群れは進む

過ぎ去った人々の横顔
夜に響く秒針の音
空にひらかれた田園と
南へと渡る　鳥の隊列
金木犀の匂い
群れは　堰き止められていた水が
解き放たれたように駆けのぼる
時折　記憶の断面をかすめて
群れの肌に　小さな傷をつくりながら

ただ　どこかへ辿り着くという
予感だけがある
夜の片隅を駆ける
光の群れの行軍
ぬかるんだ大地に残る

湿った無数の足跡からは
雨と草の匂いが漂っている

あとがき

詩を作る行為は、石を掘る行為に似ているような気がする。鉱脈に目星をつけて、暗い坑道に入り、眠っている何らかの原石を求めて奥へ奥へと掘り進める。そうして石が出てきたら形を整え、純度を上げるために磨く。それが自分の目指す真実の形に近づくように。掘り起こす場所は自分自身だから、穴が開くほど掘っても何も出てこないこともあるし、出てきたものが混沌としていて今の自分に扱いきれないこともある。感情が言葉を追い越して、どうにもならないこともある。それが痛みであっても喜びであっても、思うように表現できないときのもどかしさは、苦悩というよりいっそ苦痛である。だから詩を作っている最中は大体が苦しい。ただ、時折、詩の言葉が自身の考えを越えて予想もしない場所に辿り着くことがあって、そのときの不思議な気持ちは他の何かでは知ることができなかったと思うのだ。初めて辿り着いた場所なのに、どこか懐かしいような、あるべき場所に帰ったような気持ち。その不思議な気持ちに出会うために、わたしは詩を書いているのかもしれない。そしてもし、辿り着いたその場所の景色を共有してくれる誰かがいたら、とても嬉しい。

大学で橋浦洋志先生と出会い、詩の言葉が持つ果てしない広がりを教えてもらってから、早いものでもう十年が経った。この十年、怠け者のわたしが詩を作ることを手放さずにいられたのは、『未開』『白亜紀』『ＥＲＡ』の同人の方々が何度も励ましてくれたおかげである。特にも、原稿締切のたびにご迷惑をおかけしてきた群咲子さま、武子和幸さま、川中子義勝さまにはこの場を借りて陳謝と御礼を申し上げたい。

最後に、今回出版を支えていただいた砂子屋書房の田村雅之さま、表紙画に光溢れる素晴らしい作品を提供いただいた島田裕之先生、大学卒業後も指針となってくださる橋浦先生、人生を共に歩んでくれる家族と、これまでお世話になった多くの方々に感謝を込めて。

二〇二〇年四月五日

中井絵美

詩集　タンサンのパンケーキ

二〇二〇年六月二七日初版発行

著　者　中井絵美

岩手県奥州市水沢真城が丘一丁目一一―一〇　プラザミサオD―二〇二（〒〇二三―〇八四二）

発行者　田村雅之

発行所　砂子屋書房

東京都千代田区内神田三―四―七（〒一〇一―〇〇四七）

電話〇三―三二五六―四七〇八　振替〇〇一三〇―二―九七六三一

URL http://www.sunagoya.com

組　版　はあどわあく

印　刷　長野印刷商工株式会社

製　本　渋谷文泉閣